Anna-Birke Lindewind

Weihnachten mit Vulkanausbruch

Eine Geschichte aus Langenhagen

Mit Illustrationen der Autorin

Bibliografische Information der Deutschen Nationalbibliothek: Die Deutsche Nationalbibliothek verzeichnet diese Publikation in der Deutschen Nationalbibliografie; detaillierte bibliografische Daten sind im Internet über dnb.dnb.de abrufbar.

gesetzt aus der EB Garamond
erstellt mit *SPBuchsatz*

Herstellung und Verlag: BoD – Books on Demand, Norderstedt
ISBN: 9783752608625

Für meine Großeltern

Dramatis Personae

Teetassentina

Am liebsten hätte die alte Winzwiesenwichtdame ihr Weihnachtfest gemütlich daheim verbracht. Aber eine Oma muss tun, was eine Oma tun muss. Vor allen Dingen, wenn es singende Ungeheuer zu erledigen gibt.

Nali

Es gibt schwer erziehbare Kinder, es gibt unerziehbare Kinder und dann gibt es Nali. Der jüngste Spross einer dreizehnköpfigen Trollfamilie hat sich in den Kopf gesetzt, dieses Weihnachten den Engel zu spielen, und wenn Nali etwas will, dann muss es auch passieren.

»Sofoooort!«

Ninyos Chabalovsky

Ruhestand ist relativ. Wenn ein Trollkind einen Weihnachtsengel spielen will, kann der weise alte Magier natürlich nicht tatenlos zusehen. Besser eine Monsterwelle vom Fachmann als Klebemännchen, die mit Lava rumexperimentieren.

Ritter Rodebert

Der mutigste und charmanteste Held Langenhagens. Von Drachen gefürchtet, von Hofdamen verehrt, darf Rodebert auf der Bühne keineswegs fehlen.

Prinzessin Safide

»Augenblick mal! Warum komme ich in dieser Liste erst als Fünfte?«

Penelope und Pleitenpeter

Teetassentinas Schwiegertochter ist schon seit Langem Witwe. Ihr Sohn Pleitenpeter trägt diesen Namen leider nicht umsonst. Keine Teekanne fällt, ohne dass Peter etwas damit zu tun hat. Äußerst unpraktisch, wenn man in einem Haus voller Teegeschirr wohnt.

Skrattvin

Der geheimnisvolle und menschenscheue Waldgeist sieht seine Aufgabe darin, die Bäume zu beschützen. Ein Fest, bei dem unschuldige Tannen gefällt werden, kann er nicht gutheißen.

Dies ist eine alte Legende der Winzwiesenwichte.

Eine Geschichte über Gefahr, Verrat und den Untergang der Welt. Na gut. Ganz so dramatisch war es nicht. Wir Winzwiesenwichte verstehen uns darauf, Gefahren aus dem Weg zu gehen, und wenn die Welt wirklich einmal untergehen sollte, bin ich sicher, sie würde uns übersehen. Wir sind nämlich ziemlich klein. Nicht ganz so klein wie Däumlinge, aber auch nicht so groß wie Zwerge. Wir haben breite Köpfe, spitze Nasen und winzige Schmetterlingsflügel, die nicht ausreichen, um uns in der Luft zu halten. Sonst gibt es eigentlich nicht viel über uns zu wissen. Wir führen ein ruhiges Leben auf den Wichtelwaldwiesen. Die liegen nicht weit von hier zwischen Twenge und Hainhaus. Warum ihr uns noch nie gesehen habt? Nun, wir Märchengeschöpfe haben uns schon lange aus eurer Welt zurückgezogen und eine eigene gegründet. Mit eigenem Hannover, eigenem Hamburg und eben auch eigenem Twenge und Hainhaus. Hier draußen auf dem Land wohnen fast nur Kobolde und noch kleinere Wesen. In den Städten werden wir allzu oft von unachtsamen Zentauren oder Hexen angerempelt.

Das Zentrum unserer Heimat bildet Langenhagen, die Stadt der Zwerge, in Godshorn wohnen die Gnome, die Mooswichtel in Engelbostel, die Lichtlinge in Kaltenweide, die Dunkelinge in Krähenwinkel und in Schulenburg die Klebemännchen. Das sind Däumlinge, deren Spucke besser klebt als Baumharz.

Außerdem wohnen rund um die Dörfer allerlei andere Geschöpfe, von denen ich euch erzählen will.

In jenem Monat, in dem sich diese Geschichte zutrug, war von uns Winzwiesenwichten allerdings nicht viel zu sehen. Es war Dezember und da halten vernünftige Leute Winterschlaf.

Friedlich schlummerte ich in meinem Bett und träumte von einer geblümten Teekanne. Ich liebe Porzellangeschirr, müsst ihr wissen. Daher werde ich von allen nur *Teetassentina* genannt. Meine Sammlung zählt 236 Teller, 290 Schalen und ganze 366 Tassen, aber ich schweife ab.

Ich träumte also von dieser herrlichen Teekanne, als mich ein schrecklicher Lärm auffahren ließ: »Es ist ein Roß entsprungen!«

Es war ein Gefühl, als hätte mir jemand einen Eimer kaltes Wasser über den Kopf geschüttet. Meine Schwiegertochter, Penelope, war vor Schreck aus dem Bett gefallen. »Ach du grüne Gurke!« Verdutzt rieb sie sich den Kopf. »Bitte was ist entsprungen?«

Penelope war vor sechs Jahren mit ihrem Sohn, Peter bei mir eingezogen. Pleitenpeter. Und wenn ihr ihn kennen würdet, wüsstet ihr, warum er so heißt. Auf den ganzen Wichtelwaldwiesen gibt es keinen Tollpatsch, der ihm gleichkommt. Aber ich komme wieder vom Thema ab. Wo waren wir stehen geblieben? Ach ja, der Gesang.

Ich rannte zum Fenster. Meine Finger zögerten, ehe sie die Vorhänge zu öffnen wagten. Ihr müsst euch vorstellen, es war das erste Mal, dass ich zu dieser Jahreszeit wach war. Nur über die Weihnachtstage sind wir Winzwiesenwichte kurz wach, feiern Heiligabend und gehen wieder ins Bett. Als Kind hatte man mir erzählt, wer in den Schnee blickt, würde augenblicklich blind. Aber wahrscheinlich war das nur so eine Geschichte wie die vom Monster, das dich frisst, wenn du die Hausaufgaben nicht machst.

Draußen war sowieso kein Schnee. Die Wichtelwaldwiesen lagen unter einer fahlen Wintersonne, die der Welt das Licht zu nehmen schien. Nicht einmal das Gras regte sich. Trotzdem war der Lärm noch zu hören. Er wurde sogar lauter.

»und hat ein Blümlein braaahcht. Mitten im kalten Wiiinter!«

In der ganzen Nachbarschaft waren Gardinen und Fensterläden aufgegangen. Gregor Großegrube war sogar im Schlafanzug in den Garten gerannt und spähte über den Zaun.

Hinter uns sprang die Tür auf. »Mama?« Verschlafen rieb sich Pleitenpeter die Augen »Was ist denn da draußen los?«

»Das wüsste ich allerdings auch gerne.« Grimmig beobachtete ich Gregor bei einem seiner Wutanfälle.

Da sonst niemand etwas unternahm, beschloss ich schließlich, mich der Sache anzunehmen. Ich zog mich an, bewaffnete mich mit meiner größten Teekanne und ging nach draußen, bereit den Unhold zu erledigen.

»Oh Teetassentina!« jammerte Penelope unglücklich. »Willst du es dir nicht noch einmal überlegen? Was sollen wir denn ohne dich tun?«

Da hatte sie natürlich recht. Penelope ist ziemlich ungeschickt. Sie kann nicht einmal Sackhüpfen und von Pleitenpeter wollen wir gar nicht erst anfangen. Außer uns lebte niemand in dem kleinen Haus in Grüngrasingen. Peters Vaters war schon lange gestorben und ich hatte mein 230. Lebensjahr erreicht und alle meine Ehemänner überlebt.

»Weißt du was«, entschied ich. »Ich werde Ritter Rodebert anrufen. Der ist ein echter Held. Er wird euch beschützen, während ich weg bin.«

Ritter Rodebert war ein Zwerg, und zwar der mutigste von allen. Mit zehn hatte er einen Bären besiegt. Zumindest behauptete er das. Aber auf das Wort eines Ritters ist schließlich Verlass. Heute lebte er in einer Burg und war immer sehr beschäftigt. Wenn jemand seine Hilfe brauchte, hatte er jedenfalls nie Zeit. So war es auch heute:

»Was? Ein Ungeheuer sagst du?« fragte er am Hörer.

»Wenn ich es dir doch sage«, versicherte ich ihm. »Es singt schreckliche Weihnachtslieder. So furchtbar, wie nur Ungeheuer singen können. Es muss einfach eines sein.«

»Das klingt in der Tat gefährlich«, bemerkte Rodebert nachdenklich. »Ich würde dir unheimlich gerne helfen. Aber weißt du, gerade jetzt um Heiligabend habe ich so viel zu tun. Es sind Drachen zu besiegen, Krokodile zu jagen und mehr Gespenster zu vertreiben, als du es dir überhaupt vorstellen kannst.«

»Aber meine Familie«, beharrte ich. »Irgendjemand muss hierbleiben und aufpassen, während ich das Monster suche.«

»Augenblick«, rief Rodebert. »*Du* willst das Monster suchen?«

»Ja natürlich. Du musst hierbleiben.«

»Na, wenn das so ist.« Ritter Rodebert räusperte sich. »Ich denke, das kann ich gerade noch in meinem Terminkalender unterbringen.«

Gut, einen echten Helden zu haben, dachte ich.

Ritter Rodebert kam auf einem weißen Streitross angeritten. Er trug eine goldene Rüstung und natürlich sein Schwert.

»Ein Glück!« schrie ich durchs Fenster gegen den Gesang an.

»Komm schnell rein! Sonst frisst es dich!«

Ich sagte bereits, dass Winzwiesenwichte kleiner sind als Zwerge. Es war nicht leicht, den Ritter in unserer Küche unterzubringen. Meine wertvolle Geschirrsammlung hatte ich bereits ins Wohnzimmer geräumt. Trotzdem warf Rodebert unsere Blumenvase um und demolierte mit seinem Hintern eine Bank. Als er endlich sicher auf dem Boden saß und Penelope ihm Tee einschenkte, sah es schlimmer aus als nach Pleitenpeter erfolglosem Versuch, das Tanzen zu lernen.

»Und du wirst sicher hierbleiben und meine Familie beschützen?« vergewisserte ich mich.

»Ich gebe Euch mein Wort, edles Fräulein.« Der Ritter zog seinen Helm, wobei er unsere Lampe erwischte und von der Decke riss.

»Was für ein Mann«, seufzte ich, während ich mich für den Kampf rüstete und Penelope aufräumte.

Ich wünschte, ich wäre auch so mutig.

Draußen war es noch kälter als befürchtet. Meine Nase fühlte sich schon nach den ersten Schritten wie ein Eiszapfen an. Zum Glück war ich nicht die Einzige, die auf die Idee gekommen war, sich dem Monster zu stellen. Auf einer Anhöhe nahe Grüngrasingen entdeckte ich eine hochgewachsene Gestalt mit einem Spitzhut.

»Ninyos!« rief ich, als ich den Zauberer erkannte.

Ninyos Chabalovsky lebte seit einigen Jahren bei uns auf den Wichtelwaldwiesen, um seinen Ruhestand zu genießen. Früher war er wie alle großen Magier durch die Welt gezogen und hatte ... Eigentlich weiß ich auch nicht genau, was umherziehende Magier so machen. Jedenfalls war er weise, herzlich und konnte außerordentlich gefährlich werden.

»Ninyos!« Ich rannte auf ihn zu. »Kommst du auch wegen des Monsters?«

Er antwortete nicht. Seine Ohrenschützer schienen ziemlich sicher zu sein. Erst als ich ihn am Umhang zog, drehte er sich um.

»Oh, du bist es!« brüllte er so freundlich, wie man nur brüllen kann.

»Wo ist das Monster?!«

»Was für ein Monster?!«

»Hörst du es denn nicht?!«

»Alles, was ich höre, ist Nalis schiefer Gesang!«

»Nali?« Mein Blick wanderte die Anhöhe hinunter. Am Fuße des Hügels bot sich mir ein seltsames Schauspiel.

Bevor ich erklären kann, was, müsst ihr wissen, dass sich eine Trollfamilie in unserem Wald eingenistet hatte. Trolle sind zwar nicht größer als Gnome, aber um einiges schlechter erzogen. Sie stinken, machen Lärm und prügeln sich bei jeder Gelegenheit. Unsere Trollfamilie hatte elf Kinder, von denen jedes einzelne so anstrengend war wie fünf. Das schlimmste von ihnen war die kleine Nali.

Wenn Nali schrie, war es, als würde man den Deister zusammenbrechen hören. Sie legte ihren Geschwistern Würmer ins Bett, bewarf die Erwachsenen mit Tannenzapfen, zündete Teppiche an und zerfledderte Bücher.

Genau diese Nali stand jetzt unter uns auf einer Holzkiste. Auf den Rücken hatte sie sich Papierflügel geschnallt und in ihren verfilzten Haaren einen goldenen Kranz befestigt. »Glooooooria!!!!« sang sie, dass einem das Blut in den Adern gefror.

Ich wusste nicht, was ich schlimmer finden sollte: Ein echtes Ungeheuer oder diesen Plagegeist.

»He!« rief Ninyos Chabalovsky zu ihr hinunter.

Nali sang unbeirrt weiter.

Seufzend zog der alte Mann seinen Zauberstab und murmelte ein paar unverständliche Worte. Nalis Schal erwachte zum Leben und wickelte sich wie einen Knebel um ihren Mund.

»Sehr gut«, murmelte ich zufrieden, ehe wir uns gemeinsam auf den Weg zu unserem kleinen Monster machten.

Nali war von ihrer Kiste gestürzt und kämpfte verbissen mit dem Schal.

»Aus«, befahl Ninyos, indem er den Zauberstab auf das Gesicht des Trollkindes richtete. Sobald die Göre frei war, begann ein Gezeter, das ich lieber nicht wiedergeben möchte. Niemand kennt so viele und so haarsträubende Schimpfwörter wie Nali.

Bis wir heraufanden, was los war, fühlten sich meine Ohren halb taub an.

»Ich will doch unbedingt mal einen Engel spielen«, jammerte der unausstehliche Quälgeist. »Aber die blöde Ziege vom Krippenspiel sagt, jemand wie ich kann niemals ein Engel sein.«

»Wo sie recht hat«, bemerkte ich.

Nali warf mir einen wütenden Blick zu.

»Natürlich kannst du ein Engel sein«, besänftigte Ninyos sie hastig, damit sie nicht wieder losplärrte. »In ...« Er überlegte kurz. » ... unserem Krippenspiel.«

»In unserem *was*?« kreischte ich.

Was soll ich sagen? Ninyos hatte Nali ein Krippenspiel versprochen, also musste sie eines bekommen. Ihr die Sache wieder auszureden, wäre ungefähr so gewesen, als wollten wir einem Drachen seinen Schatz klauen. Ich machte mich sogleich daran, ein Stück zu schreiben. Das war leichter gesagt als getan. Wir hatten den achtzehnten Dezember und es gab nicht einmal einen Probenraum. Wenigstens die ersten Schauspieler waren schnell gefunden.

»Ich werde auf jeden Fall die Maria sein«, verkündete Penelope. »Ich wollte schon immer auf einer echten Bühne stehen. Und Pleitenpeter spielt natürlich das Jesuskind. Nicht wahr, Liebling?«

Anstelle einer Antwort drang ein Klirren aus dem Nebenzimmer.

»Wunderbar.« Ich notierte die Rollen auf einem Zettel, während mein Enkel mit einem kaputten Bonbonglas ins Wohnzimmer kam. »Da kann er wenigstens keinen Schaden anrichten.«

»Fehlt nur noch eine Besetzung für Joseph.«

»Wie wär's mit Rodebert?«

»Ich?« Der Ritter lachte. »Ich spiele selbstverständlich den Kaiser Augustus.«

»Augustus kommt nicht vor«, bemerkte ich. »Nur in der Ankündigung. Du kannst einer der drei Heiligen Könige sein.«

»König. Hervorragend«, freute sich der Ritter. »Die Rolle passt zu mir.« Er reckte sein Schwert und blieb damit in der Decke stecken.

»Ach du tiefer Tümpel«, jammerte Penelope, als Sägespäne auf ihren Kopf rieselten.

»Ups. Ich bitte vielmals um Verzeihung.« Verlegen zog er die Klinge aus der Holzvertäfelung und riss einen großen Teil davon herunter. »Selbstverständlich stelle ich für die Proben einen Raum in meiner Burg zur Verfügung.«

Nachdem wir uns in Schloss Rodenburg eingefunden hatten, sah das Unternehmen zum ersten Mal aus, als ob es funktionieren könnte.

Ninyos Chabalovsky hatte eine Gruppe Klebemännchen für das Bühnenbild engagiert. Der Zauberer selbst stellte sich für die Spezialeffekte zur Verfügung.

»Damals auf der Zauberuni war ich Klassenbester in Alchemie«, erzählte er stolz, während er Schwarzpulver, Spiritus, Alraunensaft und andere Chemikalien auf einem Tisch aufbaute. »Was haltet ihr von einem Vulkanausbruch?«

»Jaaa!« krähte Nali begeistert. »Und ein Gewitter! Und eine Monsterwelle!«

»In Bethlehem gibt es keine Monsterwellen«, stellte ich entschieden fest. »Und Vulkane erst recht nicht.«

»Ich bin der Engel«, entschied Nali. »Und wenn ich verkündige, dass eine Monsterwelle kommt, dann kommt auch eine Monsterwelle!«

Ich öffnete den Mund, aber einen Streit gegen ein Trollkind kann man nur verlieren. Am Ende gab ich mich geschlagen und baute einen Vulkan, ein Gewitter, zwei Monsterwellen und einen funkensprühenden Tornado ein. Außerdem bestand Rodebert darauf, dass es ein Säbelduell gab. »Ohne Duell macht es keinen Spaß«, meinte er. »Am besten gegen Kaiser Augustus.«

»Kaiser Augustus kommt nur in der Ankündigung ...«

»Ich finde, wenn ein Tornado mitspielt, kann auch Augustus mitspielen«, bemerkte Nali. »Schurken sind sowieso gut. Besonders wenn sie richtig fies sind. So wie ich.«

»Prima«, murmelte ich mit zusammengebissenen Zähnen. »Dann brauchen wir jetzt auch noch einen Kaiser.« Nervös ging ich die Liste an Rollen durch, die noch zu besetzen waren.

Als Wirte nahm ich meine Nachbarn. Gregor Großegrube und Sara die Säuberliche schienen mir genau die richtige Besetzung dafür.

»Raus aus meinem Blumenbeet!« brülle Gregor ziemlich überzeugend, als wir die erste fertige Szene durchgingen. Es war nicht ganz das, was ein Wirt in Bethlehem gesagt hätte, aber nach dem Vulkanausbruch wunderte sich das Publikum bestimmt nicht mehr.

»Sehr schön«, lobte ich. »Und jetzt der Engel.«

Nali kam an einer überdimensionalen Angel auf die Bühne geschwebt, die die Klebemännchen aus Rodeberts Katapult zusammengezimmert hatten.

»Seht!« rief sie. »Ich verkünde euch eine große Flutwelle! Sie wird alles überschwemmen und dann baut Noah seine Arche.«

»Stopp!« schrie ich. »Das mit der Arche ist doch schon lange vorbei. Wir sind bei der Geburt von Jesus.«

»Dann baut er eben noch eine Arche«, beharrte Nali. »Oder willst du, dass alle untergehen? Das finde ich nicht sehr weihnachtlich.« Sie verschränkte die Arme vor der Brust, wobei sie gemächlich an der Angel im Kreis taumelte.

Seufzend änderte ich den Text.

Unterdessen hatten sich zwei Klebemännchen auf den Weg gemacht, um eine Tanne zu besorgen.

Nicht weit von Rodenburg lag ein Wald, dichter und finsterer als der bei den Wichtelwaldwiesen. Die zerfurchten Fichtenstämme verloren sich schon nach wenigen Metern in der Dunkelheit, als verberge sich der Wald in seinem eigenen Schatten. Niemand betrat diesen Wald gern, denn hier lebte Skrattvin Krauthaar. Was für ein Geschöpf Skrattvin ist, kann ich euch nicht sagen. Ein Lichtling jedenfalls nicht, ein Zwerg auch nicht und erst recht kein Winzwiesenwicht. Er kann den Wind rufen und mit Bäumen sprechen. Allerdings bekommt man ihn selten zu Gesicht. Er ist ziemlich scheu und zeigt sich normalerweise gar nicht. So war es auch, als die Klebemännchen den Wald betraten. Schweigend lagen die Pflanzen unter glitzerndem Frost. Es sah aus, als würde der Wald schlafen. »Bestimmt hält Skrattvin auch Winterschlaf«, meinte der eine. »Los komm. Bevor er was merkt.« Doch kaum hatten sie ihre stecknadelgroßen Äxten an einen der Stämme angesetzt, verdichteten sich die Wolken über ihnen. Ein dumpfes Donnerrollen erschütterte den Wald.

»Das ist mir aber gar nicht geheuer«, wisperte einer der Winzlinge.

»Nur ein Schneesturm«, murmelte der andere, aber auch ihn überkam ein mulmiges Gefühl, als der Wind auffrischte und eiskalt durch die Kronen fuhr. Trotzdem holte er mit der Axt aus und schlug sie in das Holz. Da zuckte ein Blitz über den Himmel und eine zornige Stimme mischte sich in den Donner: »Wer wagt es, die Ruhe des Waldes zu stören?!«

Die Klebemännchen fuhren herum. Hinter ihnen war eine verwilderte Gestalt aufgetaucht. In ihrer Hand hielt sie einen Bogen und legte drohend einen Pfeil an die Sehne.

»Oh bitte«, jammerte der Erste. »Wir wollten doch nur einen winzigen Baum für unser Krippenspiel!«

Der Waldgeist wirkte verdutzt. Ja, stellt euch vor. Der arme Skrattvin hatte noch nie etwas von Weihnachten gehört. Sein Leben lang hatte er nicht ein einziges Geschenk bekommen, kein *O du fröhliche* gesungen und nicht einmal den winzigsten Zimtstern probiert. Unser Krippenspiel interessierte ihn kolossal und er bot sich sogleich als Dekorateur an. »Vor zwei Tagen hat hier ein Sturm gewütet«, erklärte er. »Da ist einiges an Tannengrün runtergekommen. Ich bringe euch was vorbei.«

In Schloss Rodenburg hatten wir inzwischen auch eine Besetzung für Augustus gefunden: Rodeberts Cousine, Safide die Furchtlose, war wie alle Prinzessinen wunderschön und hochnäsig, aber mutiger als jeder Ritter. Ich glaube, sogar Rodebert hatte ein bisschen Angst vor ihr.

»Nimm das, du elender Schuft!« schrie sie, als ihr Cousin mit seinem Schwert auf die Bühne stürzte.

»Ja!« feuerte Nali sie begeistert an. »Gibs ihm!«

Ein Vorhang riss entzwei und der Ritter verhedderte sich in einem Seil, woraufhin das gesamte Bühnenbild zusammenbrach.

»Stopp!« schrie ich.

Unsere Aufmerksamkeit wurde allerdings auf etwas anderes gelenkt, da im selben Moment die Tür aufsprang und eine Windböe durch den Saal fegte. Wenig später betrat ein wandernder Busch die Halle.

»Bei Bauer Berts Blumenbeet«, kreischte Penelope. »Auch das noch! Ein Waldmonster!«

»Waldmonster? Wo?« Skrattvin lugte hinter seinem Tannengrün hervor.

»Ach du grüne Gurke«, murmelte ich, als er die Zweige nicht sehr dekorativ in der Mitte des Raumes ablud. »Das ist aber wirklich sehr, sehr viel Tannengrün.«

»Ach, das ist nur der Teil, den ich unterwegs verloren hatte«, winkte Skrattvin ab. »Die Bäume liegen draußen.«

»Bäume?« Mich überkam ein mulmiges Gefühl.

Eigentlich ist Skrattvin nicht größer als ein Zwerg. Trotzdem hatte er es geschafft, vier Sechs-Meter-Tannen aus dem Wald herzuwuchten. Als sie standen, hätte unmöglich nur ein einziger Zuschauer vor der Bühne Platz gefunden.

»Und wer soll mir jetzt zugucken, wie ich einen Engel spiele?« Unruhig schaukelte Nali an ihrer Angel hin und her.

»Und mir erst.« Schnippisch warf Safide die Haare zurück. »Ich bin der Kaiser von Rom! Ich verlange ...«

»Wir können uns gegenseitig zusehen«, meinte Ninyos Chabalovsky aufmunternd.

»Sehr schön. Wir brauchen trotzdem noch einen ...« Ich wollte gerade Hirte sagen, als Skrattvin mit seiner letzten Ladung Tannengrün in mein Sichtfeld geriet. »Perfekt«, rief ich beim Anblick seines zerschlissenen Mantels und seiner Haare, in denen Moos und Baumharz klebten.

Ich selbst übernahm schließlich die Rolle des zweiten Heiligen Königs. Natürlich brachte ich dem Jesuskind als Geschenk eine Teekanne. Ninyos wurde unser Joseph und Safide dankte als Kaiser ab und schloss sich mir und Rodebert als dritter Heiliger König an.

»Eine Doppelrolle ist das mindeste für eine Kronprinzessin«, erklärte sie stolz. »Ich bin ein Naturtalent auf der Bühne.«

Unsere Proben gingen ziemlich holprig vonstatten. Am dritten Tag jagte Ninyos die Krippe in die Luft. Außerdem konnte sich niemand den Text merken.

»Uns ist ein Stern erschienen. Dem zu folgen ... wir trachten ... nach Jerusalem ...«

»Bethlehem«, berichtigte ich Safide ungeduldig. »Dem wir nach Bethlehem zu folgen trachten. Stängliger Stachelstrauch noch mal! Das ist eine Katastrophe! Und übermorgen ist Heiligabend!«

»Kann ich dann jetzt gehen?« brummte Skrattvin missmutig. Als griesgrämiger Hirte war er ziemlich überzeugend. »Warum überhaupt dieses ganze geschwollene Zeug von *Zu folgen trachten* und dann dieses Gemüse mitten im Tannenwald.« Er musterte unsere Pappmaschee-Palme, die an der Krippe lehnte. »Ich versteh ja nicht viel von dieser Weihernacht, aber ein bisschen wurzelhirnig ist das schon. Kann nicht einfach jeder sagen, was er normalerweise auch sagen würde?«

»Er hat recht«, rief Safide. »Und ich als Kaiserin von Rom muss es wissen. Entweder ich entscheide selber, was ich sage, oder niemand!« Feierlich entsorgte sie ihr Skript in Ninyos Vulkan.

Ich schlug die Hände überm Kopf zusammen. Hervorragend. Wenn nicht noch ein Weihnachtswunder passierte, war ich geliefert. Ein Glück, dass nur ein paar Tannen und die Klebemännchen zuschauen würden, aber sogar dabei erlebte ich eine böse Überraschung.

»Du hast was?« brüllte ich, als Ninyos Chabalovsky am letzten Tag vor Heiligabend mit einer »guten Nachricht« in Schloss Rodenburg erschien.

»Ich habe Einladungen an ein paar Freunde versendet«, erklärte der Zauberer unschuldig. »RizzelNix, die Zeithilde, Obskurril und die Oberhexe haben schon zugesagt.«

Die Oberhexe. Ich spürte einen Anfall von Übelkeit.

»Geht es dir nicht gut, Oma?« fragte Pleitenpeter, als ich auf einem Stuhl zusammensackte. Skrattvin musste mir erst einmal einen Beruhigungstee kochen.

Keine Ahnung, was für Kräuter der Waldschrat verwendete. Aber sie müssen ziemlich stark gewesen sein.

Als ich aufwachte, war es schon dunkel und jede Chance, die Lage zu retten, vertan.

Verzweifelt tigerte ich nach der Probe durch mein Zimmer. »Ich werde einfach krank sein«, sagte ich mir. »Es ist Winter, da erkältet man sich schnell. Oder mir ist der Weihnachtsbaum auf den großen Zeh gefallen. Vielleicht habe ich mich auch an einem Plätzchen verschluckt.« Aber am Ende half alles nichts. Sekunde für Sekunde rückte der vierundzwanzigste Dezember näher und mit ihm die schlimmste Blamage meines Lebens.

Der nächste Tag kam viel zu schnell.

Ninyos war schon in Rodenburg eingetroffen, als ich zur Generalprobe erschien. Zusammen mit seinem guten Freund Obskurril. Der berühmte Brockenzauberer aus dem Harz hatte seinen Lehrling mitgebracht. Aquin war fünf und hatte noch nie ein Krippenspiel gesehen.

Seine Mutter war nämlich eine Moorhexe. Die gehen, wenn es kalt ist, in Winterstarre wie die Frösche.

»Kann euer Engel denn richtig fliegen?« erkundigte er sich neugierig.

»Und spuckt euer Vulkan echte Lava?«

Ich seufzte. Was sollte ich darauf antworten? Eigentlich hatte ich gerade vorgehabt, das Stück ausfallen zu lassen. Aber im Angesicht des vorfreudigen, kleinen Zauberlehrlings brachte ich es einfach nicht über mich.

Niedergeschlagen stapfte ich in den Probenraum. »Also gut«, schärfte ich meinen Schauspielern ein. »Wir gehen gleich da raus und bringen es einfach hinter uns. Improvisieren könnt ihr doch.«

»Was ist improvisieren?« wollte Pleitenpeter wissen.

»Jeder entscheidet selber, was er sagt«, erklärte Safide, die damit sehr einverstanden war.

»Schön dann ...«

»Keine abfälligen Bemerkungen über Pappmaschee-Palmen«, unterbrach ich Skrattvin. »Keine Diskussionen über Rüstungsreiniger«, sagte ich zu Rodebert und Safide, »Und am allerwichtigsten«, diesmal funkelte ich Nali an, »Keine Schimpfwörter vom Engel.«

»Ohne Schimpfen macht das Engelsein überhaupt keinen Spaß«, murrte Nali.

»Also gut«, gab ich nach. »So was wie 'Schmutzfinke' ist in Ordnung, aber auf keinen Fall schlimmer.«

Nali war einigermaßen zufrieden.

Im Zuschauerraum hatten sich inzwischen Leute eingefunden. Die Klebemännchen, die die Bühne aufgebaut hatten, nahmen zwischen den Baumstämmen Platz. Die Zauberer schwebten auf fliegenden Teppichen und Besen über den Tannen. Schade. Fast hatte ich gehofft, sie würden einfach nicht mehr reinpassen. In der ersten Reihe saßen

Obskurril und sein Lehrling, hinter ihnen die Oberhexe. Skeptisch musterte sie unseren Vulkan. »Vulkane in Bethlehem. Ungeheuerlich diese modernen Fassungen.«

»Wo ist denn die Grippe?«, wollte Aquin wissen.

»Krippe«, berichtigte sein Lehrmeister. »Die Krippe ist abgebrannt. Schau, stattdessen haben sie einen Wäschekorb. Aber jetzt sei leise. Es geht los.«

Die Kerzen im Zuschauerraum erloschen.

Es herrschte vollkommene Stille, als Pleitenpeter die Bühne betrat. Spontan hatten wir ihm noch die Rolle des Erzählers zugeteilt. Er räusperte sich: »Es begab sich aber zu der Zeit, dass ein Gebot von Kaiserin Auguste ausging, dass alle Welt sich schätzen ließe.«

Der Vorhang ging auf. »Ha! Ha!« brüllte Safide, die mit gerecktem Schwert in einer herrschaftlichen Pose auf ihrem Thron stand. »Ich, die Kaiserin von Rom, befehle allen, in die Städte zu gehen, in denen sie geboren wurden. Und wenn nicht, passiert ein Vulkanausbruch!«

Ein Zischen erklang und Ninyos zog einen funkensprühenden Pappmascheevulkan auf einem Schlitten über die Bühne.

»Ungeheuerlich«, wiederholte die Oberhexe.

Sobald der Vulkan direkt vor dem Thron stand, sprang Rodebert dahinter hervor und zog ebenfalls seine Waffe. »Zu früh gefreut, Auguste! Nieder mit diesem Halunken!«

»Hurra!« krähte Nali, die an einem Seil auf die Bühne geflogen kam und Safide mit Tannenzapfen bewarf. »Ergib dich, du miefige Mistkäferdiestel!«

Ein Kerzenständer kippte um und landete auf dem Vulkan, der knisternd in Flammen aufging. Eilig kippte Ninyos einen Eimer Wasser darüber. Auf so etwas waren wir vorbereitet gewesen. Im Laufe der Proben war ziemlich oft irgendetwas angebrannt.

Ich wartete, bis das Feuer erloschen war, dann wagte ich mich auf die Bühne. »Schluss jetzt«, rief ich in die kämpfende Menge. »Wisst ihr denn nicht, dass heute eine besondere Nacht ist?«

»Ach stimmt ja«, fiel es Nali, dem Verkündigungsengel, wieder ein. »Heute wird ja der Heiland geboren.«

»Heiland?« fragte Safide. »Was denn für ein Heiland? Der einzige Heiland bin ich.«

»Ich meine Jesus, du Depp!« rief Nali. »Kennst du nicht die Weihnachtsgeschichte?«

»Selber Depp!« keifte Safide zurück. »Aber wenn Jesus geboren wird, darf der Kaiser ja wohl nicht fehlen. Wo ist er?«

»Ihr werdet ihn finden, in Windeln gewickelt und in einer Krippe liegend«, erklärte das Trollkind. »Aber Kaiser dürfen da nicht rein. Du kannst ja König werden. Die zwei da brauchen nämlich noch einen.« Sie deutete auf mich und Rodebert.

»Na gut«, gab sich Safide geschlagen. »Aber nur ausnahmsweise und wenn Heiligabend vorbei ist, will ich sofort wieder Kaiserin sein.«

Der Vorhang schloss sich. Die erste Szene war überstanden. Erleichtert wischte ich mir die Stirn. Ninyos Chabalovsky hatte sich umgezogen und war bereit für seinen Auftritt.

»Zu dieser Zeit lebte ein Zauberer in Jerusalem«, las Pleitenpeter vor der Bühne vor. »Er hieß Joseph und sein angetrautes Weib Maria. Die war schwanger. Weil der Vulkanausbruch ein Erdbeben und eine Flutwelle ausgelöst hatte, mussten sie nach Bethlehem. Dort waren jedoch alle Herbergen besetzt.«

Der Vorhang öffnete sich und zeigte eine Reihe aus Papphütten, die Rodebert, Skrattvin und Safide eilig aufgebaut hatten.

Gespannt beobachtete ich, wie Penelope an der ersten Tür klopfte.

Gregor Großegrube schoss nach draußen, als hätte er wieder ein singendes Ungeheuer erwartet. »Raus aus meinem Blumenbeet!«

Bevor Penelope oder Ninyos ihren Text aufsagen konnten, war die Tür wieder geschlossen und sie standen ratlos auf der Bühne. »Tja«, improvisierte der Zauberer. »Dann versuchen wir es eben beim nächsten Haus.«

Sara die Säuberliche war zum Glück umsichtiger. »Mit den Dreckstiefeln kommt ihr mir bestimmt nicht ins Haus«, krächzte sie. »Nicht mal, wenn ihr den Fußabtreter dreimal benutzt. Aber ich habe einen Stall, in dem ihr übernachten könnt.«

Der Vorhang schloss sich zum zweiten Mal.

Meine Anspannung wuchs, obwohl mit jeder Szene weniger schiefgehen konnte.

Rodebert und Safide bauten gerade die Wirtshäuser ab, während Skrattvin sich unter einer Tanne nahe der Bühne niederließ.

»Es saß des Nachts aber ein einsamer Waldschrat im Tannengrün und hütete die Bäume«, erzählte Peter.

Rodebert zog den Vorhang auf. Safide betätigte unser umgebautes Katapult, damit Nali auf die Bühne schweben konnte. »Siehe! Ich verkünde dir große Freude!« rief sie. »Heute ist der König aller Könige geboren!«

»König?« brummte Skrattvin. »Ich mag keine Könige. Eine große Freude ist das bestimmt nicht.«

»Aber er ist der König aller Könige!«

»Je königlicher, desto schlimmer. Ich werde den Teufel tun, deswegen nach Bethlehem zu gehen. Zwischen den Tannen ist es sowieso viel schöner als bei eurer komischen Kokospalme.«

Nali wurde wütend. »Skrattvin! Du bewegst jetzt deinen Hintern nach Bethlehem! Oder es wird dir sehr, sehr leidtun!«

»Ach ja?«

»Ja«, krähte das Trollkind. »Dann kommt nämlich eine Flutwelle und holt dich.«

Ninyos kippte weißes Pulver in eine Waschwanne. Sofort schoss eine Fontäne in die Höhe und schwappte über den Boden. Eilig brachte sich Skrattvin auf die Bühne in Sicherheit. »Na gut. Vielleicht ist es in Bethlehem doch schöner.«

Der Vorhang fiel. Jetzt stand die Finalszene an. Ich spürte, wie mir heiß wurde. Wer hätte gedacht, dass ein Krippenspiel so nervenaufreibend sein kann?

Den anderen schien es genauso zu gehen.

»Bist du bereit, Pleitenpeter?« zischte Penelope.

»Geh von meinem Fuß runter!«

»Wo ist mein Schwert?« rief Safide hysterisch.

Ich glaube, niemand von uns war wirklich bereit, als der Vorhang aufging, aber wir gaben unser Bestes. Und es war wirklich ein besonderer Augenblick. Pleitenpeter lag im Wäschekorb und Penelope wirkte so entzückt, wie eine Mutter beim Anblick ihres Kindes nur wirken kann. Ninyos Chabalovsky hielt eine Wunderkerze in der Hand. Safide, Rodebert, ich und Skrattvin überreichten dem Jesuskind unsere Gaben: Ein Schwert, einen Ritterhelm, eine Teekanne und einen besonders schönen Zweig Tannengrün.

Über uns allen schwebte Nali und krähte aus voller Kehle: »Stille Nacht! Heilige Nacht!« Es war furchtbar, aber die Klebemännchen applaudierten trotzdem. Dann fiel der Vorhang und es war endlich vorbei.

»Großartig«, freute sich Safide hinter der Bühne. »Ich war so unglaublich gut.«

»Und ich erst«, rief Nali.

»Und der Vulkan erst.« Zufrieden betrachtete Ninyos die verbrannten Überreste.

»Am besten war Pleitenpeter«, lobte Penelope ihren Sohn. »Du warst ein wundervoller, kleiner Jesus, mein Schatz. Und du hast nicht mal etwas kaputt gemacht.«

Pleitenpeter lief rot an.

»Jetzt müssen wir aber raus für die Zugabe«, rief ich. Die Klebemännchen applaudierten immer noch fleißig und irgendjemand musste ihnen schließlich die Blumensträuße für die Aufbauarbeiten überreichen. Auch Ninyos' Freunde, RizzelNix und die Zeithilde, klatschten anerkennend. Aquin war beleidigt, weil Obskurril ihm beim Vulkanausbruch die Augen zugehalten hatte, und Obskurril tat sehr pädagogisch, weil er nicht zugeben wollte, dass er vor dem Vulkan eigentlich bloß selber Angst hatte. Die Oberhexe war ohnmächtig von ihrem Besen gekippt. Besonders schade fand das allerdings niemand.

Danksagung

Ich glaube, Danksagungen sind nur dafür da, damit die Widmung am Anfang nicht so lang wird. Denn tatsächlich gibt es neben meinen Großeltern Günter und Barbara Braun viele weitere Menschen, denen ich danken möchte.

Da wäre einmal meine Mutter. Wenn ich sage, dass dieses Buch ohne sie nicht entstanden wäre, übertreibe ich nicht. An einem kalten Dezembertag fragte sie mich, ob ich Lust hätte, eine Geschichte für den Weihnachtsmarkt in Kaltenweide zu schreiben, und so ging ich ans Werk.

Die Grundidee von den geflügelten Kobolden, die sich Winzwiesenwichte nennen, ist schon wesentlich älter und hier komme ich zu der zweiten Person, der ich danken möchte: meinem Vater, der sich geduldig meine ersten Manuskripte angetan hat. Auch meine Großmutter muss hier wieder erwähnt werden, als meine zweite, passionierte Testleserin. Wer in diesem Buch noch einen Rechtschreibfehler findet, darf ihn gerne behalten.

Meinem Großvater danke ich ebenfalls von Herzen. Mit einer so begeisterten Reaktion hätte ich nicht gerechnet.

Insgesamt möchte ich allen Mitgliedern meiner Familie danken. Außerdem Karl-Heinz Zimmer, der sich um den Textsatz dieses Buches gekümmert hat. Wer selbst noch nie ein Buch veröffentlicht hat, wird kaum nachvollziehen können, wie viel Arbeit nach dem Schreiben und Korrekturlesen noch auf einen zukommt. Danke für die Unterstützung, die persönliche Betreuung und die schnellen Antworten auf meine Fragen.

Nicht zuletzt danke ich meinen Zuhörern auf dem Weihnachtsmarkt und hoffe, dass euch die Geschichte dieses Jahr in gedruckter Form immer noch gefällt.